jessica ferreira

psicóloga de formação e escritora por destino. Pós-graduada em Saúde Mental pela Faculdade da Santa Casa, apaixonada pelos espantos da vida e pelos detalhes de cada existência. Gosta de criar personagens na sua mente, assim como histórias com desconhecidos na rua. *Se a ansiedade tivesse um som, seria de uma ambulância* é seu livro de estreia, que foi desengavetado em um daqueles dias de coragem repentina e impulsos absolutos.

SE A ANSIEDADE TIVESSE UM SOM, SERIA DE UMA AMBULÂNCIA

jessica ferreira

editora Urutau
primeira edição
2023

O –

editora Urutau

rua do cajú, 478,
jardim das cerejeiras
06724-015
cotia-sp (brasil)

rua manuel pacheco nobre, 128 - 5º esquerdo
2830-080
barreiro (setúbal)
portugal

[+351] 928053619 [portugal]
[+55] 11 95608 8983 [brasil]

www.editoraurutau.com.br
contato@editoraurutau.com.br

[EDITORA]
debora ribeiro rendelli
[REVISÃO]
juliana palermo
[PROJETO GRÁFICO]
wladimir vaz
[COORDENAÇÃO GRÁFICA]
tiago fabris rendelli
[DIAGRAMAÇÃO]
victor h. azevedo
[CAPA]
victor h. azevedo, sobre fotografia de thắngnhật trần

dados internacionais de catalogação na publicação (CIP) de acordo com ISBD

Ferreira, Jessica
F383s Se ansiedade tivesse um som, seria de uma ambulância / Jessica Ferreira. - Cotia : Urutau, 2023. 76 p. ; 14cm x 19,5cm.

ISBN: 978-65-5900-584-0

1. Literatura brasileira. 2. Poesia. I. Título.

2023-2926 CDD 869.1
CDU 821.134.3(81)-1

Elaborado por Odilio Hilario Moreira Junior - CRB-8/9949

sumário

[apresentação]

O que faz uma criança ficar ansiosa? Além das rodinhas removidas da bicicleta, do susto após um filme de terror, da possibilidade de chorar em público? Para além do arranhão sangrento, coração acelerado, espinha explodindo feito cratera, hormônios coexistindo com a intenção de brincar para sempre.

Fôlego.

Este livro-diário é um objeto esquecido no meu inconsciente, afastado como um móvel gasto e empoeirado. Você não fala sobre, mas sabe da existência.

Para Drico, Gabi, Igor, Maria e Yasmin, que foram, além de amigos, meus maiores incentivadores deste livro.

Para a minha mãe, que sempre me disse para continuar escrevendo.

Aqui estou.

A coisa

Não sei quando ela me encontrou
ou se a gente se esbarrou igual quando dois carrinhos se chocam no supermercado
e as compras pulam bem alto
acho que ela se misturou dentro de mim e eu não percebi
e fui pra casa achando que ainda era eu
só que com mais pesos na mão

Mamãe diz que eu aguento mais uma sacola
eu quero ser bem forte pra ela
então faço força até doer meus dentes
e sair o esmalte
e apodrecer por dentro
então é só não sorrir mais

A ansiedade — esse foi o nome que o doutor Felipe repetiu pra mim em voz alta minha mãe disse que ele é psicólogo e que psicólogo é médico de mente

eu não sabia que a minha estava doente

e nem que a "coisa" tinha nome

eu chamava ela de "coisa ruim", mas às vezes ela me protege das coisas ruins

então não fazia sentido chamar ela assim

mas o doutor Felipe disse que ela tem nome, mas não achei tão legal

eu disse pra ele: queria dar nome, já que é meu

e ele riu baixinho, mas eu percebi

agora todo mundo deu pra falar esse nome aqui em casa

quando faço algo eles dizem que foi a ansiedade

mesmo eu dizendo que foi eu

acho que daqui a pouco não vou me chamar mais Elena

então estou escrevendo aqui para que todos saibam que eu tive outro nome um dia

antes da ansiedade chegar.

Nascimento

Ainda não sei direito como começou
o doutor Felipe já me perguntou algumas vezes
enquanto a gente escolhia mais um brinquedo na caixa mágica dele
eu queria ser como o doutor Felipe e ganhar dinheiro pra brincar com outras crianças
mamãe sempre diz ao papai que "precisamos pagar o doutor Felipe esse mês"
e os dois brigam um pouco porque meu pai acha tudo uma baboseira
que tudo isso é falta de pisa
eu sei que pisa é o nome que eles deram para quando alguém bate em você
de repente
amanhã vou perguntar para o doutor Felipe qual era o nome dele antes desse
ele disse que eu posso escrever quando eu quiser lembrar
mas às vezes eu quero ser uma borracha e apagar tudo da minha mente
e me apagar inteirinha e fazer de novo

de outro jeito

e sem a coisa.

Bicho-gente

Eu moro com a minha mãe e o meu pai
mas minha mãe disse que meu pai não mora com a gente
e que só a gente mora com ele
eu nunca entendi isso direito porque vejo ele entrar em casa todos os dias
com os sapatos batendo forte e espalhando areia
e brigando com tudo o que vê pela frente
até meus brinquedos
acho que o meu pai nunca foi criança
e já nasceu bem grande igual os filhotes de cavalo que eu vi na TV
eles já nascem andando
meu pai deve ter nascido cavalo
mas escolheu ser gente
por quê?
seria legal ter um pai cavalo
quando eu disse isso pra minha mãe, acho que foi engraçado
porque ela deixou de fazer uma cara muito triste

e começou a me encher de beijos
falando aiaiai, filhinha

Lembrar que minha mãe fica feliz quando falo de cavalos
não posso esquecer isso.

Ansiedade e ambulâncias

Acho que a coisa está crescendo e ficando barulhenta
porque às vezes penso que ninguém está vendo
mas alguém percebe e me pergunta com cara de dó
"Está com ansiedade, Elena?"
e eu digo que ELA aparece de repente
eu sei porque meu coração começa a bater mais forte
como se muitos dedos estivessem apertando a minha campainha de dentro
e tudo ficasse assustado dentro de mim
com vontade de correr
mas não dá para correr da gente mesmo

Tum-tum-tum-tum-tumtumtumtumtum
eu queria saber tocar para fazer uma música e distrair a coisa
mas só sei escrever
e quase ninguém tem paciência pra me ler
nem a coisa

que deve gostar muito de mim
já que não sai mais de perto

Esses dias foi enquanto eu comia
a atividade mais gostosa que eu sei fazer
pensei que eu poderia engasgar e morrer ali na frente dos meus pais
e seria uma morte muito feia e bobinha
minha mãe explicando para as amigas que morri comendo
um frango tão sem graça, tadinha
e só de pensar na minha morte feia
a coisa foi sentando no meu lugar
e já não era mais eu na mesa

Uma mão no garfo e outra conferindo os batimentos
eu não mastigo, eu trituro os alimentos
como pequenos roedores e seus queijos suculentos
preocupados em serem pegos
ou pisarem em ratoeiras
eu tenho medo da coisa ter uma boca bem grande
e me engolir enquanto eu estiver desatenta
por isso presto tanta atenção
em tudo.

Limpeza

Às vezes saio com a minha mãe de ônibus
antes comprávamos cândida e outros materiais para limpar o chão
que ela me deixava sentir o cheiro
mas eu sempre escolhia pela cor
agora a gente só vai no doutor Felipe
ela disse que faço muitos "rituais", mas eu não sou nenhuma bruxa
eu só gosto de esfregar bastante a minha pele até sair toda água suja
no ralo
e depois passo bastante desodorante
mas ainda assim chego muito suada no doutor
ele me disse que é por causa da coisa
acho que ele também estudou sobre sovacos e sujeiras
porque eu acreditei na mesma hora

Falei pra ele que só sento ao lado das janelas no ônibus
porque preciso que entre o ar bem gelado na minha cara
assim eu sinto que ela está viva

e não virou uma massinha dessas que despencam do boneco

eu também fico beliscando a minha perna

toda hora?

ele perguntou com aquela cara preocupada da mamãe

e eu disse só às vezes, mas menti

espero que na escola do doutor Felipe ele não saiba ler crianças mentirosas

mas eu só faço isso porque sinto que ela não está funcionando direito

parece quando fico muito tempo fazendo o número 2 e quando levanto

despenco

minha mãe fala que ela dormiu

mas como a minha perna dorme e eu não?

então tenho medo de parar de andar de repente

e vou apertando com as pontas dos dedos a parte fofinha da minha perna direita

depois a esquerda

e a direita

até a minha mãe perceber e fazer eu parar com um grito

ardente

"assim você vai se machucar".

Quando cheguei em casa ela pediu para eu abaixar as calças
porque ela queria ver o que tinha nas minhas pernas
foi nesse dia que a minha mãe chorou até soluçar
e não adiantou falar de cavalos
nem que os pontinhos roxos eram estrelas
ela não riu de mim.

Barulho de morte

Não gosto quando ando de ônibus e uma ambulância atravessa de repente
fico preocupada com as pessoas que estão lá dentro
e depois não consigo dormir direito
quero que a minha mãe ligue para os hospitais perguntando o que aconteceu
e se elas estão salvas
mas a minha mãe diz pra eu dormir logo
que não existe isso

O barulho da ambulância assusta todo mundo
se a ansiedade tivesse um som, seria esse
eu fico pensando em como é saber que você não tem tempo
dentro de uma ambulância
e tenho medo de ser alguém que eu conheço
então faço a minha mãe ligar para a vovó Áurea
e o vovô Cícero
e o papai que não atende

ele deve estar trabalhando

ela me diz

mas se não estiver?

e se for ele?

e se ele caiu e machucou todos os dentes?

e se o coração dele ficou fraquinho de tanto bater?

e se a coisa encontrou ele também?

se se se se se se sesesesesese

acho que esse é o barulho dela.

Esconde-esconde

Descobri que pessoas morrem
na verdade eu já sabia, mas estava muito distraída
me disseram que a gente pode fingir que uma coisa não existe
até que ela pare de existir
de propósito
desde então estou fingindo que não tenho um nariz muito
grande, que pessoas não morrem
e que eu não tenho a coisa
mas na escola continuam me chamando de nariguda magrela
e as pessoas continuam morrendo
eu sei porque a mamãe assiste um programa de notícias ruins
eu não sei por que adultos não assistem desenhos
nos desenhos é tudo mais fácil
eu queria morar dentro deles
assim não precisaria me preocupar tanto

Foi na escola que eu também descobri que existia um nariz certo
e não era o meu

eu deveria reclamar com meus pais?

ou com deus?

falaram que meu nariz parece de homem: comprido e com uma curva torta

mas antes eu achava que era uma montanha nascendo no meu rosto

eu gostava de pensar que o beijo dos meus pais se encaixava bem ali

e que um dia iria namorar alguém que também gostasse de nariz

e de mim

mas agora acho ele todo errado

entro no banheiro da minha casa e bato muitas vezes nele

até ficar vermelho

agora pareço um palhaço

chamando mais atenção pra ele

então procuro na internet o que diminui o nariz

e aparece um doutor que "opera as imperfeições"

amanhã vou perguntar para o doutor Felipe se ele também entende de nariz

e defeitos

Queria mudar algumas coisas em mim

igual aquele jogo "The Sims" em que a gente cria um personagem até ele ficar de um jeito perfeito

eu queria começar a escrever tudo de novo e fazer uma menina de nariz bonito

e que não tivesse ansiedade

e nem fosse magrela

e nem tivesse espinhas vermelhas

e um pai tão bravo

acho que seria mais fácil viver aqui dentro

e eu não precisaria jogar "The Sims"

e nem me fingir de morta-viva quando alguém zomba de mim

Eu queria não suar tanto porque sempre parece que tomei banho de rio

e tenho medo de feder igual os peixes

eu queria não ter tantos buraquinhos para vazar

Não quero que meus pais leiam este diário-caderno-lembrete

acho que eles ficariam tristes em saber que não gosto de como me fizeram

ainda posso jogar a culpa em deus

mas também não quero fazer pecado

então só vou fingir mais um pouquinho

até eu acreditar.

A lista

Doutor Felipe perguntou do que eu tenho medo
gosto quando ele fala de coisas que eu já sei responder
então abri uma lista na minha mente:

Tenho medo de que um raio me atinja
de que o meu abajur queime
de que baratas entrem na minha boca enquanto durmo
de que alguém entre na minha casa pra roubar minha família
e eu tenha que morar sozinha pra sempre
tenho medo de acordar adulta de repente
tenho medo de ser tão grande ao ponto de não poder assistir desenhos
ou descer no escorregador
tenho medo de saber que estou morrendo
e ficar esperando
tenho medo de não saber que estou morrendo
e fazer tudo igual
tenho medo de que falte chocolate no mundo

mas principalmente na minha casa

e de que um dia eu escolha ser bicho e não gente

como meu pai

tenho medo de portas batendo

e unhas rasgando

tenho medo dos monstros que eu invento

e daqueles que eu não sei que existem

Nesse dia o doutor Felipe escreveu algumas coisas no caderninho dele

acho que ele está contando uma história

um dia vou pedir pra ler.

Não-respostas

Não consigo dormir quando lembro que as pessoas morrem

e que ninguém sabe direito para onde vai

já que cada um pra quem eu perguntei me deu uma resposta diferente

adultos não sabem mentir como as crianças

então perguntei para a Marina, minha melhor amiga da escola

como ela dorme sabendo que um dia vai morrer

ela deu uma risada-grito

bem alta

e disse que crianças não morrem

mas agora eu não durmo pensando que não quero ser a primeira criança

a morrer.

Oração

Meus pais chamaram uma mulher-da-igreja para rezar por mim
fico feliz porque meus pais estão juntos, parados em frente à porta
e fazendo caras que combinam
amor deve ser parecido com reza

A mulher colocou as duas mãos na minha cabeça
senti que eu era uma bola de basquete
e que ela iria me arremessar para bem longe
então ela disse que "iria tirar a coisa ruim de dentro"
e meus pais começaram a dizer muitos amém amém amém
que parecem com amor amor amor
e eu fiquei tão feliz que quase esqueci da coisa

Quando a mulher foi embora, bem sorridente
eu pensei que, se eu fosse uma bola, eu estaria murchando bem lentamente
espero que ninguém perceba e continuem a me jogar.

Saliva

Marina me disse que preciso dar meu primeiro beijo
eu não estava tão preocupada até ela dizer que todos já fizeram isso
e eu automaticamente parecer um ET verde e esquisito
mais estranho que isso só o próprio beijo
eu disse que já dei alguns beijinhos no meu primo Mathias
e até na minha vizinha Bia
mas ela disse que isso não conta
porque não teve língua
eu achava que língua era só para lamber picolé
e pirulitos coloridos
mas agora fico pensando o que acontece dentro do beijo
e sinto ânsia
é errado sentir?
a Marina quer me ensinar para eu não passar vergonha
mas tenho medo dela não gostar da minha língua
e saio correndo até sentir falta de ar
e a coisa

invadindo

meu pulmão

Eu acho que nasci com muitos defeitos

e não dá mais para trocar.

Sala 5

A professora de português, Solange Firmino da Silva
escreve seu nome na lousa todos os dias
deve ser por isso que ela é professora
para que todos aprendam o seu nome
perguntou o que a gente quer ser quando crescer
e virar a d u l t o
eu acho que ser adulto já é muita coisa
mas ainda perguntam isso muitas vezes pra mim

Só que dessa vez eu respondi bem rápido: quero escrever
e a professora deu risada, as outras crianças também
e eu também ri porque achei que tivesse sido engraçada
de um jeito bom
mas ela disse que não existe "faculdade" para escrever
e para eu escolher outra
então eu falei que queria ser um médico que cuida das coisas
e da nossa mente
igual o doutor Felipe

e ela riu mais uma vez

devo ser boa nisso.

Penetra

Minha mãe disse que eu penso demais
e que isso "é convite para a ansiedade"
se eu estivesse em uma festa, ela seria a mais triste de todas
porque ninguém estaria cantando ou comendo
mas vendo uma fila de medos
crescendo cada vez mais

Queria desligar o botão que liga meus pensamentos na coisa
já que ela vem correndo assim que eu começo a imaginar
o teto desabando
a respiração sumindo
o coração fazendo eco
mas eu não sei se fizeram um botão em mim
ou se eu apertei com tanta força que meu corpo sugou
com canudinho
e agora tenho que engolir meus olhos para ver o que tem dentro
de mim
mas seria impossível
então eu penso em como fazer para não pensar.

Raiva é um vulcão crescendo no peito

Decidi levar meu diário-caderno-lembrete para a escola
porque seria aula de educação física e eu iria inventar alguma doença
para não fazer
mas dessa vez eu não convenci a professora Márcia
e seus peitos gigantes que me assustavam
porque "a bola não vai fazer nada pra você"
mas eu não queria nenhum risco
guardei meu diário-caderno-lembrete na mochila
e desci fingindo que sabia o que eu estava fazendo

Foram doze minutos para um grupinho começar a se juntar nas escadas
e mais cinco minutos até eu perceber que era sobre mim
"ela é maluca"
"que vergonha"
"credo, que louca"
"nariguda magrela louca"

alguns não entenderam

nem a professora quando de repente dei um soco no menino chamado Augusto

só porque ele estava com o meu diário-caderno-lembrete

e porque ele tinha olhos que gargalhavam dentro de mim

Acabei quebrando o aparelho azul-bebê do Augusto que caiu e alguém pisou

talvez eu mesma

ou não

eu só lembro de sentir minha mão ardendo tanto que eu achei que tivesse

queimado

mas a raiva tem gosto de sangue

e ferrugem.

Espelho

Meus pais foram chamados para a escola
"nunca achei que passaria por isso"
nem eu, quis responder
mas tive medo e tremi um pouco
igual uma gelatina roxa
meu pai perguntou se eu sentia frio
ele não entende muito das coisas
mas fingi que sim só porque eu queria usar a jaqueta dele
com cheiro de cigarro e perfume de homem
agora eu era que nem meu pai
nervoso.

Endereço

Queria saber onde a ansiedade morava antes de me conhecer
se ela já foi de outras crianças que enjoaram e a mandaram embora
ou doaram junto com os brinquedos velhos
queria saber como entregar ela a alguém
se explico que não é um presente
desses que gostamos
mas que
é como receber meias
ou calcinhas
quando todas as outras crianças ganharam Barbies
e Max Steel

Eu queria esquecer a ansiedade na casa de alguém
na fruteira com as bananas murchas
ou dentro da geladeira atrás do iogurte
quero ser esquecida pela ansiedade
igual a vovó Áurea que às vezes me chama de Heloísa
e diz que eu não existo

porque ela não tem netos ainda

acho que a ansiedade já me engoliu

e só a vovó percebeu.

Brincadeira sem nome

Gosto de pensar que meus pais estão brincando de não se gostarem
mas que esqueceram a hora de terminar
porque são muito competitivos
minha mãe diz: seu pai não dá o braço a torcer
meu pai diz: sua mãe implica com tudo
e eu me sinto um juiz
apitando um grito
por vez
até alguém me notar
quando eu crescer quero brincar sozinha.

Escoliose é um nome bonito

Minha mãe disse que estou ficando muito corcunda
e toda hora pede para eu me "endireitar"
ajeitar a coluna torta
"que está ficando igual o dorso de um tatu-bola"
a professora disse que eles ficam assim quando estão com medo
se enrolam até virarem uma bolinha perfeita
protegidos do grande mal
que às vezes são só alguns dedos melecados
de crianças curiosas
que nem eu
acho que, se eu fosse um tatu-bola, ficaria bolinha
pra sempre.

Fôlego

Não gosto de brincar de correr

não consigo entender a graça de escolher ficar com o coração nervoso.

Feliz tudo de novo

Quanto tempo falta para meia-noite?
ninguém respondia a minha pergunta insistente
queria falar o idioma dos adultos
para ver se alguém me entende

Então pergunto para mim mesma
que me confundo com ponteiros
mas sou boa em captar os sinais
o manjar da tia Suzan já está na pia
junto com os outros talheres que a nossa família recicla
minha avó já disse que esse pode ser o último ano dela
e todo ano ela diz isso
minha mãe parece brava
e meu pai parece alegre com isso

Quero me preparar para os fogos
já que tenho tanto medo de que eles explodam na minha cabeça
mas antes meu pai me rodopia no quintal

como se eu fosse um peão enferrujado
eu acho que posso vomitar uma ameixa
mas quero ser uma filha legal
depois de tantos giros
hálito de cerveja que entra e sai
ele promete que esse ano será diferente

Não foi.

Mímica

Coloco dez pastilhas de menta na boca
de uma vez
finjo que sou a tia Nena com seus remédios
e seu aparelho de pressão
todos falam que a tia Nena é doente da cabeça
e que isso desce para o coração
como um escorregador
de problemas
tia Nena é tão inteligente
que deve ser bonita por dentro também
queria abraçar o cérebro dela
às vezes
e ter permissão pra ser diferente.

Lanterna piscando

Às vezes acho que minhas pálpebras são feitas de filme de terror: quando fecho os olhos só vejo coisas ruins acontecendo.

Ritmo

Doutor Felipe dessa vez ligou uma música
achei que iríamos dançar, então comecei a suar pelas mãos
e pés
se eu deslizar na sapatilha e ele achar que é um começo?
prefiro quebrar uma perna
(bato três vezes na boca)
ele pausa a música e me pergunta:
por que fez isso no seu rosto?
— Eu tinha feito um pecado.

Previsão do tempo

Queria desligar minha cabeça
como fazemos com os fios do liquidificador
e da TV
quando começa a chover mamãe já corre puxando os cabos de tudo
que acende e faz barulho
queria que fosse assim com meus pensamentos
pra toda vez que eu chovesse
tudo parasse de funcionar

Antes que eu queime.

Não existe um super-herói

É meu aniversário de dez anos
escolho a decoração de princesas e surfistas
porque ainda não sei me decidir
e eu nunca vi uma princesa surfando
todos acharam estranho quando entrei de vestido rosa
e uma prancha
mesmo sem saber nadar
eu nunca tive medo de querer

Meu pai só chegou no final da festa
cambaleando até o portão
com a camisa rasgada
ficou irritado porque não esperamos ele para o bolo
sendo que o dinheiro também foi dele
e mamãe aumentou a voz
como se estivesse com um microfone
gritava que estava cansada

Os dois começaram a gritar juntos
tão alto que eu achei que os balões pudessem estourar
quem sabe assim um final feliz
nessa história
mas então a coisa começou a subir pela minha garganta
e eu quis gritar também
um grande PAREM
e no susto
ou ódio
meu pai me deu um tapa tão forte
que as luzes se apagaram dentro de mim
e eu desmaiei.

Quase

Parece que acordei de um sonho ruim
chão gelado
um círculo de pessoas em minha volta
mamãe grita: graças a deus ela tá viva
então eu tinha morrido?
só depois lembro do tapa
a ardência do tapa
o peso do tapa
e a dificuldade de entender o porquê.

Um novo barulho

Achei que só ambulâncias me assustavam, mas descobri que policiais também.

Desenho livre

Agora vejo o doutor Felipe duas vezes na semana
mamãe me explicou que era preciso
depois da separação
(aqui ela começa a gaguejar e quase fica engraçado, mas não)
e depois daquele dia, você sabe, aquele
ninguém consegue dizer que o meu pai me bateu
só o doutor Felipe
que não tem medo das palavras
ele sempre me pede para desenhar a minha família
em uma folha de sulfite branca
e eu sempre esqueço de desenhar meu pai
e só lembro quando não tem mais espaço na folha
então tenho que fazer ele muito magro
e pequenininho
mas meu pai é tão grande
que não faz sentido
eu não sou boa em contar verdades.

Fim na metade

Decidi que não quero mais escrever aqui
e em nenhum outro lugar
mamãe diz que quanto mais falo sobre a coisa
mais ela aparece
então se eu talvez parar de escrever sobre ela
ela para de se achar importante
e vai morar em outra história
e em outro corpo
tomara que sim.

Descrição

Pausa necessária:
agora só manchas de café
tinta borrada nas páginas em branco
um aviso de "não esquecer de comprar macarrão"
e um telefone de alguém que eu não sei
um desenho de um vulcão
no estômago de uma menina
não lembro quando fiz isso
nem o que estava passando naquele momento
às vezes acho que fiquei parada enquanto a vida seguia o fluxo
imediato e imprevisível
mas nada me preparou para isto:
ocupar um corpo ansioso.

Inquilina

Encontro este caderno mofado nas caixas de mudança
agora, com vinte e nove anos, me sinto preparada para os pontos finais
pelo menos disto
eu não me livrei da "coisa" como prometido
demorei para entender que eu não corria do monstro
porque ele habitava dentro de mim
a ansiedade foi se tornando uma visita que esqueceu a hora de ir embora
enquanto a minha casa foi ficando sem portas
e janelas
cada vez mais distante de um lugar
para virar outra coisa.

Gosma

Parei de fazer listas
mas ainda continuo pensando demais
meus dedos frenéticos não acompanham meu cérebro:
sinto que nunca vou conseguir espremer a polpa
mastigar o caroço
engolir o veneno
e finalmente dizer o que penso.

Escrever como tentativa.

Para Elena

Você não precisa aprender jiu-jitsu para se defender do seu pai
e nem se reduzir para caber na vida de alguém
você não precisa esconder sua ansiedade nas gavetas profundas
do seu peito
e nem voltar para casa com um sufoco intermitente
só porque tem medo de parecer desajustada
quebrada
sem conserto
você não precisa decorar sua tristeza
para que alguém queira ficar

Não é difícil se relacionar com você.

Ela

Exijo da Elena uma força que nunca foi ensinada
não admito o fracasso, pois “pensamos em tudo, não é mesmo?”
porque não permito o esquecimento de tanto que rumino as cenas
na minha mente
e as palavras proferidas
cada detalhe é repassado fielmente
com o único objetivo de me torturar

Às vezes coloco a Elena em terceira pessoa
como se assim pudesse deslocar o problema para o canto da sala
me distanciando até que ele desapareça.

Receitas

Agora, além do doutor Felipe, temos o doutor Paulo
menos alto e mais sério
que olha por cima dos óculos
e para de escrever quando digo algo que pra mim é natural
mas pra ele é preocupante
que vem com as pílulas minúsculas
que custam setenta reais e alguns centavos
porque além de tudo a ansiedade é cara.

Perdoando Elena

Deixa-me atravessar a espera angustiante que foge dos relógios convencionais

não é desse tempo que eu falo — há uma outra numerologia contando em nosso universo

deixa-me escalar o muro instalado entre nós, porque é sempre em mim colocado o fardo por não desistir

ou por ter esperanças

deixa-me ultrapassar o não dito, as invenções poupadas e os sonhos esmiuçados em terapia

deixa-me coletando as sobras com as pontas dos dedos

molhando a boca com partículas vazias

que não geram qualquer engasgo

ou indigestão

eu abocanho a dor e escrevo

saberei que perdoei deus quando as palavras também se ausentarem de mim.

Causa

Ainda tenho medo da minha garganta fechar
de repente
e descobrir que sou eu fazendo nascer
mais uma ansiedade.

Desbloqueio

Achei que quando você fosse embora levaria também todos os meus medos

descobri mais um

como segurar o fio de uma promessa

dita às 22h com você na minha cama

e eu presa na sua retina

como me levar para uma memória

e permanecer lá?

Corpo estranho

Decidi que passaria despercebida

como uma mosca de banana voando em uma sala imensa

só porque decidiu — ou se engana fingindo que possui algum poder —

a não voar com as demais

e por isso quase invisível

e por isso completamente só

isso que eu chamo de experiência de quase-vida.

Molde

A vida toda tentei caber em outra coisa que não essa
uma casca menos dura
mais aberta
quis ser como essas meninas calmas que caminham em câmera lenta
e nada aperta
corrói
enlouquece
me esforcei para não fazer tantas perguntas
por medo de ouvir de novo
o quanto eu questiono demais
por que tudo precisa ser tão profundo?
eles me perguntam
e eu digo que não sei viver de outro jeito
que não esse
as coisas me tocam
e eu as observo por mais tempo.

Ação

Parece que tenho um remédio preso na garganta
ou é uma palavra enroscada na traqueia
nó de pescador
mas parece mais um pedaço de bolo
seco
sem gosto
de todas as coisas que coleciono dentro do peito
mas nunca ouso falar
como se fosse um mantra aprendido a duras penas
eu seguro o medo na ponta dos dentes
para que o outro fique confortável
na minha presença
e tudo ocorra bem
até eu engasgar
e perder o ar
até que alguém perceba
que tem um coadjuvante a menos
na cena.

Linha final

Meu desajuste no emprego
na sala de espera do dentista
a três passos de distância da faixa amarela do metrô Guilhermina
com medo de que me empurrem para o meu fim
olho para o lado e ninguém mais tem tanto medo
como eu
queria entrar em cada cabeça atraente
que cruza o meu caminho
para saber como é viver em outro lugar
diferente desse
menos agitado
inquieto
doente
o desajuste começa no próprio corpo
que eu sustento há vinte e nove anos
e ainda coleciono tantos roxos
e arranhões

por não entender a dimensão
o cálculo exato
entre meu músculo e o resto do mundo
penso no meu primeiro desajuste
aos nove anos
em frente à cantina de tantos doces
e a competição para quem chamava a "tia" mais alto
o sinal tocava
e eu ainda não havia pedido meu lanche
ser notada sempre foi um problema
talvez eu já estivesse em desajuste muito antes
enquanto feto
ou ideia pulsante
de uma noite de bebedeira
minha mãe sempre disse que eu fui um susto bom
mas quem gosta de se assustar com vinte anos
?
eu
não.

Teatro

A minha voz ecoa no corredor
e dá a volta em mim
a solidão só é poética para eles.

Agora sim

Resgato as fotos da infância

uma nuvem de poeira

e de lembrança paira sob a minha cabeça

gosto de me olhar sendo criança quando as tormentas não tinham nome

e os sentimentos se confundiam com dores de barriga

e vômitos à meia-noite

e o medo era um pesadelo feito de cinco pernas

e duas cabeças em chamas

quando me olho criança tenho um pouco mais de cuidado com a adulta que venho me tornando

sinto vergonha das palavras com que me descrevo

como se essa criança estivesse no corredor entre o que eu sou

e o que eu finjo ser

observando tudo atentamente

assustada

talvez

como pude pular do amor

e cair aqui?

■ primeira edição
■ outubro de 2023